鄭琬融

我與我的幽靈共處一室

目次

輯二　黑夜的骨

輯三　在寬大的陌生裡將自己揮舞成一面旗

輯四　教我一種推開雲霧的方法

好評推薦

靜謐而窒息，殘酷而自得。初讀詩的感覺是這樣的，像和著晚霞與鳥屍的氣味，鑲上某種琥珀或孔雀綠那樣幽微又鮮明的顏色，自生活的岩縫中，發出才華的芒光。琬融善於捕捉物景的逝化，揉合情境知覺，創造出屬於自己的蒙太奇幽室。她也持續地在詩裡翻越生命的邊界，從流電的黃昏到荒地，從夢裡的黑火直至推開雲霧。是靈與肉身的融通摸索，亦是她自成一格的蘇菲旋轉。

——詩人　任明信

詩作乍看是有隔的，深入閱讀後，卻被它的語言說服而吸引，作者用一種荒地或邊緣的角度來看生命，有一種洞悉的深度。

——清華大學台文所教授　李癸雲

琬融的詩使人多心，詞語與它們租賃的空間重新簽約，洞口吐露著蜂群，魔女或魔鳥在頂樓遊行。她對於「速度」的離奇掌握，或來自「我」的分裂、換季與產誕，多義的幽靈，如此是形體也是行李，凌厲地穿梭這丁點世界，晦澀大地。我深深喜愛這本詩集，期待未來更多如金屬與蜜的聲響，一如她所說的「謹慎、畏怯、自由」。

——作家　馬翊航

《我與我的幽靈共處一室》擺出很頹廢的各種姿態，展現出作者的銳氣，作品中經常表現出一種暴力的特徵，另外一些卻是冷中帶熱，這是讓人很激賞的。其中一首〈東邊〉，是我今年讀到最年輕最棒的詩！

——詩人　楊澤

琬融的詩特別能寫日常裡的突兀，突兀中又彰顯了生命的荒蕪質地，像地獄長出觸手花，張開來，捕捉全世界像捕捉飛蠅。全書想像充沛，句構可以撫摸到骨頭，在這尋求淺易的時代逆勢跳一場磕碰作響的幽靈舞。

——作家　楊佳嫻

（依姓氏筆畫排序）

〈推薦序〉

凝視乾癟，直到有了春天的意願

吳俞萱（詩人）

透明的線，細到就要斷了的一條線，提起了她。那條線是她的垮落。

這是我第一次見到琬融的時候，對她的印象。那夜，我剛走出地獄——我和朋友改編沙特的劇本《無路可出》在北美館外頭層疊的竹條間演出——我剛告別鬼影幢幢的地獄，告別那一叢吞噬人形的劇烈白光，轉身回到人間的暗處，琬融就從幽深的地方浮了出來。

她為我帶來的驚嚇並非她眼中的光，而是她的整個存在落入黑暗沒有一點爭鬥的跡象。太詭異的和諧了，她的垮落比她巨大，而她撐住自己的意志比她的垮落更巨大。我對她笑。我敬重那些從自己的傷口爬出的鬼。

是她將一處與另一處的落差命名為傷口，念舊地爬進爬出，她才成為了鬼。

被驅逐出那個以「我」驅動的人形意識，她飄忽棲居在眾物之間，無法恆久落定，於是她的感知限界沒有憑欄也沒有障蔽，自由遷徙在尖嘯燒開的水、風的後面、派對動物、同時裂開的果子、蝙蝠吸著天空的血之間，褪去了人的雜質，以超人類的幽靈狀態，爬進事物再爬出來，朝向另一個事物的開口。

〈鬼出城〉作為整本詩集的第一首，清晰地勾勒出她的精神和書寫狀態：「鬼被吹成氣球，一個小孩拿來遛。／鬼期待爆炸。」兩個句子裡看似矛盾的「被」和「期待」凸顯了身不由己的客體如何瞬間掌握自身的主體性，鬼「如一張影子　忽大忽小／可以乘風或起浪」。她的身體在〈衣物腐爛——記雨季〉可以被「流出去」、〈圍欄外〉可以迎向風掩去自己、〈99日不見，相遇於荒山〉用力吸吐，「發現自己可以搖動像蘆葦／在山谷的喉間」、〈尚未痊癒的歡愉〉她「將於一片密林間前行／等待／日與日途間／最好的岔路口」……

等待岔路的自由，也具現於她構造詞語的拼貼邏輯，無論是「哀樂的巷口」、「未來是銀質的」對接異質的事物和情狀，或是她在〈從雜貨店的頂樓快速飛過〉對「一」的運用沒有規則和禁忌；被她並置的多重世界展現了毫不違和的並存秩序，彷彿一切原本就如此錯雜諧和地安在她的眼底。

鬼的變形所製造的張力不在於鬼和外物的親密，而是鬼和鬼自身的疏離：我投入而我不在，以及，無限的我總是無能為力。

就像〈我沒有要誕生我的悲傷〉爬進的傷口——悲傷，或遠遠不止是悲傷的情緒作為一種強勢侵入的存在，並非為了讓「我」得以進行肉身和意志的辯證，而是讓我領悟到我無能不成為這樣的自己。面對那個伸進我的影子搔弄我的「他」，我可以「把他殺了」，也「還是生下了他」，甚至，當所有人都走了，「我牽著他的手／不敢放開」，我無法不透過他的纏結和制約來確認我的所有行動並非權力的施展，而是臣服於自我解體和重構的動態境況：殺掉自己無數次，恍悟真正要殺的，是將「我」和「他」視為對立兩造的這個念頭。

傷口成了開口。當「我」不再拒絕生命，我就能用那內含創造意圖的命名句型來描繪自身，例如〈我們的火是黑的〉，如鬼魂的心，我們正被「拒絕、殘肢、池塘裡的落葉／恐懼、蟬殼、野鳥的唾液／來自夢裡大量的油汙與汗」鍛造，於是可以咆嘯：「來啊／拿槍對準我們／已經丟向火堆裡的心臟」，因為再也沒有什麼能傷害我了，我的殘破點燃了我的火，越暗越烈。我的垮落撐起了我。

沒了執念的鬼，發出通透與直爽的聲音。卑微地在死生哀樂的邊緣匍匐，勃發荒地的生命力。一如她在〈99日不見，相遇於荒山〉給的祝福是像一隻成功活下來的「微小蟲子／輕易抵達幸福的暈眩」；而她在〈我的詩就放在口袋裡〉傲骨自陳：「我的詩將成為風，或比風更淡的東西／潛藏、流轉、遭人遺忘／但一旦有人憶起／在曠野裡的中心／灌木將會／生長／為脆弱增補結構」。還有我和她的一次通信，聊起彼此乳房中的腫瘤，她說：「大概就是我身體的一種慾望，就像樹會結果，我的身體也結果了。至今我仍沒有把那顆腫瘤切掉。」

信任時間、信任變形有它自己的意志，是她的愛。不去懷疑變形的善意，是她的悍烈。去愛，意味著向命運開放，開放一種與異己、與神秘的關係，也開放一種與未來的關係。她待在人間的暗處，凝視乾癟，直到有了春天的意願。慢慢地，自己看懂了路——

沿途　死去的樹

終於我能重新叫出他們的名字

輯一　我與我的幽靈共處一室

鬼出城

鬼被吹成氣球，一個小孩拿來遛。
鬼期待爆炸。
死於非命的，自然而然也想看一次非命
鬼不能打坐。不是沒了腿的問題，而是本質與神相背。
那些無法放棄信仰的，把花摘來燒做香。
很糗的時候，鬼喜歡躲到珊瑚裡。白熱化的珊瑚，他說他們長了骨。
鬼總是期待狗吠，天一下就亮了。
那些不小心被看見的，又把衣服給脱了，掛在廢棄屋外的欄杆上。
村民們不會瞭解，鬼的通透與直爽

如一張影子　忽大忽小
可以乘風或起浪
下午，彈珠撞擊的響
其實就體現了這點。在孩子的手中
他們弄壞鬼的邊界
弄壞鬼　壞鬼
顏色漏了出來。也許是上輩子
有些謊沒有說完
有些愛沒有談
鬼握筆寫字
卻掌握不住修辭
一句句絞盡腦汁（假設是紫色的）
一寫下卻全都散
鬼沒遇見該遇見的人
儘管已經遊晃多日

風也快放完了
鬼愛的人終究沒有變成鬼
一顆太陽在後頭
竄燒，光厚得如某年冬天的積雪
一踩就深及至膝
村民們眼看著鬼都走光
便又拿出藤椅、長桌
棋盤與水果

啟航日

巨大的藍正在萎縮
連浪聲都要變得乾燥
我們不出航了
掌舵的突然歪了一個風向
一些海鷗就跌下來

他們應該來刷油漆

把我刷進牆裡
把髒掉的地方刮掉
像搬家的時候
重新粉刷那樣

再搬來一些舊家具
舊的人
在我的對面鑿開一扇窗戶

我看見有風
有海
有人掉下去

我沒有要誕生我的悲傷

1

他來
他不穿鞋
他很
髒。他把手伸到我的影子裡
騷我癢
我不想笑　也沒有哭
我說我們可不可以不要再玩這種互毀的遊戲

天沒有亮　他不給
我跳進影子裡要把他給抓出來
結果當我把他捉出來　也把他殺了的時候
我發現自己從來不存在

2

我還是生下了他
在回家的路上
在河邊
在我差點決定溺死的水裡
他找到我　看起來年輕又老舊
他把我的身體刮破　出來和我打招呼

我不喜歡他藍色的眼睛
不喜歡他比我強壯的身體
我不喜歡他唱歌　碎語
指使我去買東西

我不喜歡他跟著我
彷彿是我允許的

3

花瓶裡沒有插花的時候
我又試著殺了他

4

花瓶裡有花的時候

天空很亮　草把自己繫在風中
不刻意去聞花的香氣
甜仍飄過來
水果風乾的氣味
我如一隻蜜

儘管有時這麼浸泡在幸福裡了
我想到它會結束
流光　變成冬天的河床
有時　他們（更多人）（還有更多人）牽著我的手
告訴我春天還會再來

花還會開
有時（他們都走了）（所有人都走了）剩下我
我牽著他的手
不敢放開

什麼是真的而誰又不是真的

5

我把這想法告訴了她（除了他以外的人）
我把這想法告訴了他（除了她以外的更多人）
他説沒關係（他們説沒關係）　你知道嗎
你生下來的遠遠不止是悲傷

夢離開宿主

夢離開宿主
遠行去了
儘管他所有的記憶都是虛構
儘管他不理解所謂
未來的代價

賣力
堪比一把烈火

夢逐漸活得比夢平庸
腳踏實地

他遇上了一種沒有黎明的黑暗
那個曾經懷有它的
以截然不同的本質貫穿了——
閉眼的瞬間

他不期待重新誕生
這樣的說法
畢竟夢多半是用完就扔的棄品
關於夢的墳場
他已看得太多

於堅實、頑固的水泥工廠裡
擠出牙膏一般最後一點的自己
然後等待午餐、晚餐
虛假的美味

「夢的最壞下場是什麼？死亡還是夢魘？」
「你是離家出走還是被丟棄？」
「夢是否會夢見自己？」
「你也可曾虛構過，就像他人對你做的那樣？」

他醒在
風火的交界處
學著草緊抓著土壤
無畏春風

四周滿是光亮

衣物腐爛

——記雨季

衣物腐爛
整個夏季死在裡面
桃子般酸軟的
蜜紅色　誰能要求蠅不沾踏到果
烈烈辣辣
它曾經應經起一件人形
去約會　月光下一起喝酒
跟著狗跑步

在沙灘上踩出自己

衣物腐爛
纖維化開成水
白色的霉　有人以為是雪
疊在遠山上
據說　這裡的瀑布每年
會結冰一次
修行順遂的人
便從那裡爬上去

衣物腐爛
櫃子裡深冷
藏了一隻鬼

他把四季都穿上
打扮極佳　簡直能穿四雙玻璃鞋
有四個南瓜馬車
和四個王子跳舞
卻可憐　鬼不能照鏡子

衣物腐爛
我的三年前　五年或者十年
全都死在裡面
一個個性溫吞如雲
一個暴躁如雷
還有一個一直想著如何去死
那些都丟了
現在的我還會不會是我

衣物腐爛
屋子和櫃子
鬼子一樣是空的
把燈關起來灌酒
酸軟的蜜黃色
將我的身體流出去

從雜貨店的頂樓快速飛過

一百個轉身
一千隻鳥
一次相信死亡的跳躍
一分鐘的祈禱
一張淋雨的沙發
一回鬼扯的握手
一場從未贏過的牌局
一下樓就奔跑
一點整貓還沒有吃飯

一下子喜悅就快要燒乾
一個死了的段子
一隻快要生了的母狗
一口咬定誰是鬼
一發舉報你不會玩遊戲
一棵被砍的樹
一嘴黑色的鄉音
一眼就能看穿的陷阱
一語成讖的不經意
一首唱到分娩的情歌
一雙注定要砍的爛腿
一尾忘記闔眼的魚
一次把鬼打飛的神拳

她的擁抱裡全是尖刺

不開伙的日子
她如一座沙丘

她抱起狗來時自己散得一地
她抱起嬰來時自己散得一地
她抱起樹來時自己散得一地

鳥在地上啄起她的意識

不知道要多久鳥才再不會是鳥

一個聲音斷了
一邊乳房破了
有人扭了門鈴而屋裡一直沒響
灰色的草叢擅自移動位置
下午　沉默如咒
部分的她已經被吹往遠方
部分的她依然留在遠方

流電的黃昏無血的大雨

我站在
流電的黃昏無血的大雨
之中一個棒球衣的黃色男孩
跑在天橋底下將所有來路的車子都擋去
我看著他躲避了死
那太陽的般的亮黃色
於雨水後變得泥濘　充滿著沙
在越走越深的巷子裡
他像是太陽一樣的下沉了

我們的初識
在電線桿後慢慢被鳥啄食

哀樂的巷口

1

折紅鶴的女子
指節長出了大朵牡丹
她的意識正遊行

2

談論什麼樣的死會輕易

不在肉眼的
不在於心的
沒有速度的

為什麼總有人笑著

3

一個男孩做了一個鐘
倒著轉
他說
轉到了第六萬七百五十三圈
他的母親會出現

「這不是巫術」，我說

「電池要記得換」

4

生的節奏
咚——答答——咚——
死的節奏無人聞問

5

多次
花腐爛於新的帷幕底下
妄想慢慢褪色

6

那天見你
不同於燃燒信紙的煙霧
據言，是髮與骨
粉身的氣味
但我倒更覺像是你的憂鬱

7

秘密在死後不會歸零
死亡的魅力又在哪裡
轉身，不如說是擴大了
彼此的來意

8

在回返的中央
思索形體

早晨的洗臉水碰得到我
巷口的哀樂碰得到我
你最後的一個眼神
碰得到我

9

來自地獄的花
是否也有觸碰陽光的渴望

10

弔念
漸漸變成了懷舊
變成了揮去蠅蟲的手勢

藍色的風輕掃
午夜的沙漠
一粒沙
帶走大地的陰影
跑進誰的眼睛

和虎姑在夜裡一起舔手指

一個悶濕的夜晚　她翹著尾巴
在晚風裡低吼　敲我的門
帶著一些手指來看我
太早學會塗指甲油的
把玩具拿去砸人的
虎姑說：「反正他們都有罪」
紫色的指節　氣味一如腐敗的河水
她邀請了我來吃我弄破瓷碗的妹妹

虎姑的身體很輕　像山裡的雲靄
她說她從隔壁山裡來　死了愛人又被燒了家
我想問她開始吃起人是什麼時候的事
但她的眼眸明亮　毒死人像月光

洗澡水還沒有生火
我騙了虎姑說　家裡沒有乾柴了
虎姑瞪了我一眼好像我也是即將裂開的東西
即將變得美味
我急忙改口說我找到了
在碎瓦礫　破紅磚的牆角那
和虎姑在夜裡一起舔手指

鱷魚

若你是一池髒水
我要當你的鱷魚

不斷經歷一些零散的末日

蟲群撐破澡缸
生活的乾旱
至此無可抵禦

吞了幾部悲劇　試圖汲水
然長起的是一片草
它們肥碩、恐懼的根
將土撐得更破

地底裡傳來的風
裂縫裡外嗡嗡作響
如螺旋貝
空有浪聲　卻不見汪洋

我養著的一條藍色的狗吠著我
像從沙漠中心響聞的遠雷

大雨終究是他方的事
無可沖刷之物
只得在原地沉積
往下一個世紀去埋伏

未來是銀質的

鏡子裡的自己今天下午
把自己輕輕敲得滿地
陽光停在上面　很耀眼
我有點怕它就這樣把他燒光

爐邊上的水　開了
尖嘯在屋子裡跑來跑去
我一度以為那是我

滾沸　又滾沸了

無人理解的訊號——
一盆海棠花在角落漸漸熟爛
它的過去、現在及未來
匍匐於陰影，但
未來是銀質的
沒有誰的來路能媲美
或換取　或作為代價
它腐敗，一面喊著：
「活下去」

未來是銀質的
恐懼泛著優雅的水光

拍起翅像動物
走在每個人面前
每個人也就放大了膽子

一朵　不怎麼動的雲
體內翻騰著金色
碎鏡無限重複
眼角的溫暖

我起身去關火
去掃地
去撿拾起每一片足以割喉的銳角
以鳥一般的步伐
謹慎、畏怯、自由

午後就這麼延展著

一首歌在早晨的風裡死去

一首歌在早晨的風裡死去
而後又在轉角的花蕊中誕生
悶沉　雨的氣味
整條脊椎是繡蝕的　或者一尾待蛻皮的蛇
天初亮的時刻
從夢裡一片枯黃的草原中跌了出來
摔爛了昨日
我告訴自己　這是好的
昨日就像奶油派一般

適合砸在臉上
舔了口漫在嘴角上的頭髮
比起奶油　更像蜘蛛的網
外頭的夜雨剛停
但再也擠不進夢裡
被虛構趕出　又耽溺於虛構
靈魂似是啃膩了這番爛骨
要自己游走了
在這半夢半醒　幽光斑斕的時刻
我扯開嗓子咆哮
「不要走——」
嚇飛了所有鳥
一首歌在早晨的風裡死去
儘管那是剛剛才從夜晚裡
短暫浮出的旋律

卻已被風帶走
前往別處盛開　盛開

我的詩就放在口袋裡

我的詩就放在口袋裡
是蛇的孵化處。未成形的子彈。等待
成為世界的鹽

我的詩來自路邊婦人的一瞥
馬路。自己問起話來。和她鐵籃子裡
一尾被綑縛的活魚
牠答：「從未見過如此乾涸的藍色」

我的詩死了被烹，活了被丟棄
「太嚇人了。」有人解釋著
就像電流並不是為了穿過人體
而是，恆定運轉著機制
但有些人
生來講求極致與機運
成為閃電下的受難者

我的詩不需要葬禮
盯著一面紅牆，不想像血
就是對他最好的哀悼
想像最好的派對
最好的一對雙唇

或者曾惹起誰的一對紅暈

我的詩將成為風，或比風更淡的東西
潛藏、流轉、遭人遺忘
一旦有人憶起
在曠野裡的中心
灌木將會
生長
為脆弱增補結構

我的詩不比幽魂還糟吧
至少，他還有些顏色
沒忘了節奏感

我的詩曾經也渴望牽著誰
一起散步在太陽底下
但往往走沒幾步，還沒說幾句話
就已被原定解散
可能是假日擁擠、一曲爵士樂、一把長傘
妨礙了我

曖昧不止的夜晚
我的詩出來搗蛋

月亮被丟到火裡
狗挖通了前往地獄的通道
一隻螞蟻成了君主

如今，我的詩就要醒了
你快告訴他
他的地址
還有他的名字

讓他回到我的口袋裡
這裡比不上世界的黑暗
（那樣使人嚮往，心醉神迷）
但這裡有安全的
安全的黑
我的詩毫無防備

輯二　黑夜的骨

我在風的後面

我在風的後面
沒有看見你來
帶著一把黑吉他
用力把歌往我的夢裡砸
歌聽起來又冷又碎
像山裡的星星

他們從原野裡挖出自己

離開預備好的大雨
對著洞裡哼歌
我們沒有上個世紀的勇氣
去挖破那些石頭
就到此為止了
大地　乾裂
深谷以及河水
我們不配擁有更多掩護
披著一匹狼
行走在大街上

若是說行走是河水
奔跑就是
瀑布上

裸胸躍足的勇氣
你有能力讓自己像河谷一樣
深且清澈嗎

我在風的後面
沒有看見你來
帶著一把黑吉他
對著原野哼歌
我沒聽過的
他們像極了幾頭金色獅子
圍著火
在一起聽故事

河繞著我們開了花

河繞著我們開了花
沿途是草腥味　狗臭　和被切下來的石頭
鋪滿這裡
莊重的寧靜
躍起了魚時我正踩進水底
把花撈起來
水又藍又紫　像我左膝的瘀傷
我懷疑傷是否會感染的
便盡快把腿抬起來

藤蔓勒緊了樹
在黃昏時　緊張得特別顯眼
尤其是鳥　聒噪沉入河底
河皺起來更為深刻
像是消化著浸入河裡的每一雙腿

淘洗我們的行走
當山從藍色變成一塊墨
跋涉也變得鮮甜
黑色的狗帶領我們
離開背後火燒的天空
雙手擠滿了熱氣　像捏起圍火的石頭
全被澆熄後　一個故事也找不到

眼睛就漸漸黑起來

他把手伸進我的眼睛裡　我也
把手伸向他的　眼睛裡窟窿的深處
有河開滿了花

在腐爛的夜晚遇見你

一隻死老鼠的靈魂在街上嗅
影子腐爛
爛醉的夜晚，一片藍色
角落裡有人跳舞
空氣裡滿是酒味，令人暈眩的音樂
為什麼一首歌會如一把箭
在思考裡射穿我？
我們說話有時像雲
將雨，有時

如雷
過曝彼此的靈魂。
發酸的風，攀升著
你的耳語像谷裡的低迴
無法忽視。
我從那自己爬上來
來到這個夜晚
在一片灰與閃電之間
遇見你。
舞步漸融、語言鬼魅
哪怕我找到了一丁點這場會面的意義
你就成為了未來
我們所能、所不及與所有
都將匯聚成河
流進森林裡

那所有星光降落的地方
願望茁長的地方
影子腐爛的地方

荒地繁盛我

荒地繁盛我
一如一間空屋子讓我傾注
生命　我看著書在世界另一邊發燙
在那裡挖出時間　時間
還有凝結的琥珀
安靜如一隻眼

屋子繁盛我　到處是芽

紙上的字沒打仗的
就流回靈魂裡　變成畫
在油味滿佈的空氣裡
鮮豔而猛烈
如鬥魚
旋著魚缸而轉
吃掉水面的灰

在無雲的澄藍裡游泳
避開海浪
當人們問我是否對
大廈　鼎沸的人潮　大型廣告
上面的圖片感到想念
我回答

慾望也有終結他們自己的方式

荒地繁盛我
默默　像擦亮銀器
我起床　烤麵包
學習被陽光重新灌注
把咖啡改掉
清晨　每個人起霧
不在乎腦子混沌
便和人打招呼

荒地繁盛我
芽長出果　有花引蝶
我的空無使蜂來築巢

養育自己的蜜

若有誰因此感到寂寞
他應該從黃昏就躺在草上
看血流光
宇宙如何打穿他

有人的地方就會有快樂嗎

指針在下午轉了兩圈後
衣服徹底乾了
外頭的雲還沒有散
我說
「出去玩吧」
騎著車去很多人的地方
看他們快樂
就和他們借一點
你看到擁擠了嗎　那是

在告訴我們
真的都非常寂寞

指針又在
海灘上轉了兩圈
太陽掉下來了
小孩一撿起就拿去踢
也不怕燙
我想起幾年前我也是這樣子的
拿網子在山上亂揮
說要把星星撈回來
把他們養大

有人的地方

就會有快樂嗎
那我們是不是能每天在家
偷偷製造一點

回去的時候風是黑的
路看起來又黏又重
幾個風箏慢慢從天空被撕下來
他們不再動了
像我手裡的寄居蟹

指針在車裡轉了
三圈
海已經變得好遠
海灘又變成沒有人的地方

我說
在我睡著的時候
星星通通游走了

我們的火是黑的

1

我們的火是黑的
如鬼魂的心
顫抖、脆弱
卯然一身

2

於彼此眼神的沼澤中漫遊
意識來自一朵狗啃的花
期待被蜂渴望

3

漂浮已成過往
我們專心著地　取暖
黑色的火

4

當你我的荒野聚集
我們並不會相聚

5

我們的火是
拒絕、殘肢、池塘裡的落葉
恐懼、蟬殼、野鳥的唾液
來自夢裡大量的油汙與汗
燃燒而成

6

來啊
拿槍對準我們
已經丟向火堆裡的心臟

7

越暗越烈
在迷途的決心
一日終將取代黑色的山
讓晚霞跨過背脊

8

我將用一輩子的所賺取的靈魂
換一晚純淨的夜
唯有光明
光明是唯一的過客

東邊

我們比賽誰能讓太陽先燒死
我去了東邊
你說　你要去更東邊
後來我們乾脆繞了地球一整圈
撞見你
我們從未如此年輕過

在海上

傍晚
我把你看作海的時候
海上有煙

風很涼
太陽的血不斷流到你那裡去
我不知到載我的船還要多久
才會被岸留滯

我是要走
我想念看見一些不動的樹
上面有鳥
影子被啄得爛爛的

我想念拐個彎就可以碰見你
吃頓熱的
把絞胃的空洞都排去

但我在海上
這裡沒有花　船長說
這裡最迷人的地方莫過於荒漠
我看出來他早已迷失

他忘記了一點草

他點起了菸
像透了生了我但寡言的父親
我突然想幫他開窗
就像一家人在車上兜風
去哪裡都好那樣

他用霧裡的直覺看穿我

他用霧裡的直覺看穿我
我不說話
儘管我的肺裡都是滿的

車直直地往上開
爬上那些腸子似的拐彎
「你可知道我們活在山的脈裡」
司機大口吐煙

後照鏡裡滿是春碎的花

若有一種河能夠洗進我的骨
痛覺會更顯著地蛀蝕
還是透起一種清涼
清涼的火

而我們沿途所見
山的懶腰
像是女人的懶腰
甚是貓的懶腰
都屬於強壯的粉紅色
性嗜肉　善於躲藏

直至接近一種淤軟的灰。
不斷黏上我們的腿
長出樹的影子
朝我們或哭或笑

該留什麼在山上呢
山頂的霧竟擁有象的眼睛
蛇一樣的肚腹
在脈裡之間蜿蜒消長
流進我們血裡

黑夜的骨

躺在岸上讓浪去磨蹭出一些貓的午後我遇見了讓我冷卻的風／風是那樣乾淨以至於當回到都市後我的肺脹成一整間黑色暗室／一個男人在那裡洗出他的身體他的禮拜一及追逐敏銳的我的眼睛／視線被放進冰箱／面對冷霧的門不知道什麼時候開啟／我便在那裡等著足足一百一十個禮拜一的早晨我終於自由了／不料陽光融化我的眼睛／我什麼都不能卻理解了黑夜的骨／以及後來的兩萬八千個聲音／冷冷澆進我的喉嚨深處一無可及滿是慾望的飛行地

一個詛咒就這樣完成

他無法丟下　那黑亮的殼
清醒在它裡面
瘋狂在它裡面
淺灘上。他看著唯一的光是如何繞過了自己
擊中了海面
有些落空總比雷聲要響
要遠　要能參透人心
他忘卻　沒有一種光灑能夠
全然孕育生長，而避免了死亡

高松扎著黎明
花躲著狗腥
黑亮的殼，他無法丟下一切
背著它走上了繩索
那是萬花筒、吹笛人的蛇甕、煉金士的大鍋
直逼出冷星的光
藉此熬出許多字詞，難以下嚥
他唱著那黑亮的殼
一個詛咒就這樣完成

他們的生我們的死

我的肺是氣球。我的手可以拉線。我的支氣管會吐煙。我的指甲擅於撕裂。我的腳不會趕路。我的直覺不擅哄騙。我的乳尖已經開花。我的眼睛每天澆花。

五點的山丘

他們問我：
「五點的山丘上有沒有空？」
舔著那隻不會中獎的冰棒
臉像西瓜和蟬
我說沒有
我還有餓鬼要餵
還有功課要寫

洞並不是拿來填補的

一個女人泡在血裡
洗碗　洗狗　洗腳趾
釀龍　釀火　釀月亮

發紅的底褲
露出蛇一般細長的捲舌
在疑問的停頓處分岔

隨著月而滿潮的紅
一日也理解了源頭
洞並不是拿來填補的
洞並不是拿來填補的

我的願望在死

手穿衣架
五點鐘　面陽
手臂漏出山藍色
以及對於海的渴望
突然想起
從沒什麼和大海對談過
我總是看著他

向他扔石子　扔腳趾　扔破鞋一般的往事
然後我就走了　變成枯焦的
一張黑色的皮
太陽一樣下了山

我安放傷心在
我以為的一片安詳裡
鳥有刺　時時飢渴著波瀾

雷在遠方悶了起來
時過半刻
所有漂亮的光又去其他地方度假了
儘管這樣我還是　盯著
鐵一般　不動聲色的海面

我的臉頰抽搐
我的毛髮僵結
我的步履蹣跚
我的呼吸加快
我的預感倍增
我的願望在死

牽著手　要找誰一起
離開沙堡善於隱沒
堤防善於淹比人高
吐息　我把靈魂留在沙灘上
待雨驟降
期許它五日必乾

遇鳥能逃

更好的相識

起霧了
我們之間
一條荒廢已久的小徑
就此被草率遮掩

這是最好的距離
也是最遠的

我多希望我的遺憾像早晨
花瓣上的白露
提醒我世界仍然美好

但有些東西只會繼續深遠下去——
它不怕沒有明天
它也不是末日
當一顆心成長了
必然有一顆心持續衰退
遠離你即將抵達的地方

我願用老歌換回一曲的你
但才發現
我們彼此都不曾在他人面前高歌

「這也是為什麼杉木能快速長大
卻也脆弱——」
我突然想起一句出自植物學家的話語
如鬼魂一般暗示著自己

風，顯得更烈了
在小徑間無人願意回首
我們皆在等待
霧更濃的時刻

——那會是我們更好的相識

輯三　在寬大的陌生裡將自己揮舞成一面旗

圍欄外

一隻藍鳥在雪上
唱歌，融化了天色
我沒有任何夢想
當我聽著大地的時候
他們不斷地說著　於我而言卻是平靜
不斷地，我迎向風掩去了自己

我在想是不是能從黑貓的影子裡穿過去

成為過去的貓　忘了牠怎麼伸出爪子
興奮或者生氣　追捕
你要牠追捕你看不見的鬼

趴在影子上呼吸
趴在悔恨裡磨爪
趴在桌岸像一片島一樣等待黎明從我身後淹過去

尾巴　斷成兩截
蟲一樣鑽進泥地裡
一半是終點　腐爛及綠
一半是慾望　還問我要不要一起合體

風滔滔地吹　饕食
窗外滿是大雪的十二月

我們無法從遠方靠近

我們無法靠近遠方　你知道
靠近遠方這概念並不存在　儘管
聲音如群蜂一擁而上
你看不見黃色　那不是
那些真正打擾你的
感覺　時間照舊　冷是滿不在乎
覆蓋就繼續覆蓋　反正
我們無法從遠方靠近
抵達後　那就不叫做遠方

你派人來確定我
繼續阻擾感覺的發生
你卻找不到波源
聲線　那些所真正打擾你的
都特別柔軟牽強

巴塞隆納歡迎各國[1]

凱旋門
金光如水
棕櫚樹煥然一新
背骨刺的少年在玩滑板
捲菸。望著頭上的天使
一八八八年，長了青苔的眼睛
依舊風裡迷人　目光如刃

少年在歷史底下翻了個特技
無所謂　滑進綠蔭裡
不遠處連著大海　更多的遊客
及裸體。
鬼魂目送著
歡愉、海腥
慵懶與黃沙
他們沒忘了佔領的慾望
處處卻已被遊客塞滿
帆不再為嗜血而起　而落
展示的　不再是黑人、紅人與黃人
一個帝國的遺跡　陽光四分五裂
此刻，大道上僅只站著一個少年
腳下踢著他的板子

他並不懂得航行
從耳邊流出搖滾樂

1 位於西班牙巴塞隆納的凱旋門上的標示，原文為「Barcelona rep les nacions」，意思是巴塞隆納歡迎各國。此凱旋門是一八八八年為西班牙首次舉辦世界博覽會所建，同時也是該次博覽會的主要入口。

里斯本

滾燙的藍
冬。我於聖若熱城堡外賣畫
孔雀神出鬼沒
一個街頭藝人，把關於「美好」這個詞的想像
灌進了手碟[2]
每一個音準都像長了骨頭的蝴蝶
飛在一起，旋繞
擾動陌生。接近
靈魂深處一個永恆光亮的下午

每隔一陣
就有銅板落進許願池裡一樣的聲響
願望與餓
冒出來。眾生迷惑的眼神
是雨後　粉春的毒菇

我畫兩張畫，兩個
捲髮的。一個藍眼珠的男人
一個懷有沙漠的女人。他們擺動出色
腳根堅毅。彷彿，從未走出這個下午

2 一種打擊樂器，二〇〇〇年時由Felix Rohner與Sabina Schärer於瑞士發明。

她們翻越邊界的邊界

——致沒有家國的女人

秘密沒有顏色
夜晚降臨前
她們露出半邊的乳房
向夕陽汲取蜜乳

一群野猴下山，引起一陣旋風
孩子，閉眼不知何謂幸福

卻已能暗領恐懼

破敗的衣服擁有穿越大地的身世
山谷低鳴的面孔
記憶，有時牴觸人性
有些善於召感
一些不速的魂魄

數星星的姿勢非常適合孩子生長
練習指認黑暗中的碎片
願望冷冷流過周圍
眼光就是流星

語言就是醒的
過了這個草原
她們的身體與前方欲燃的自由
就是醒的

這段平原會是她們最難行走的山嶽
但總比遺忘自己的白日短

早晨曾經不屬於她們
手指曾經不屬於她們
怒放血裡的花是不被允許
唱著帶骨的歌是不被允許
野放、馴育、宰殺
一隻鱷魚擁有不是一隻鱷魚的可能

與必然。

秘密沒有顏色
她從土裡，把其他剛醒的女人挖了出來
腰枝溫暖　臂膀划過天藍
孩子的哭聲緊跟隨在後
手裡捏滿了露水
「你看，這是融化的星星——」
一位母親，把嘴裡的遠方唱得像是抵達
一種無所不能的嚮往

彩色的帶子　漂動自如的帶子
她們翻越邊界的邊界
舊的院子、舊的爐

舊的身體與舊的火
灰沒有停止飛散
那些尚未成為灰的
願疼痛也有一種死

也有一種鬼綠的顫動。
草醒了，腳趾醒了
沒有回途的野蜂
流了幾滴黏人的幻想
在步伐與步伐間底
她們的堅毅如一記輕音

趕在大雨之前

趕在大雨前
將自己浪費掉
我們應該
假想那裡有一把
巨大的傘
底下陰影像是沼澤一樣
誰也走不進來

走不出去

在音樂還沒有停的時候
雨已經開始下了
和雲裡的那些金色混在一起
還沒有很大
很奇怪
街上有些人已經開始跑起來

小碎步之一

雲雨下沉，緩慢
滲入陽光格子

他們看我
接近死亡的神
邀我為伍

我看他們

迷惑、聳肩、不疾不徐
見證並繞過了我們握手的瞬間
有若一群野狗
列隊而行

一隻甲蟲挖破了樹幹
吸取千年

寂寞的泡沫從水溝上
浮出
被汙染的快樂

交通繼續

風鳥繼續
遺忘繼續

我無有樸實的妄想
犁田的臂膀
但雨
但雨——
大膽教我交融的渴望

小碎步之二

所有這些模仿都是死的
無論是
大步、跨步、小碎步
或者乾脆不走
永遠跟在人家後面

放棄的過程比拯救還要模糊、費解
卻輕易

如一朵花被栽植在錯誤的位置

冬日裡偶然出現的
夏日長槍
破除了所有假寐
卻重現不了
當時節的星群

我的願望留在那裡
沒能追來
就像
沼澤跟上了他

此時
無論是大步、跨步、小碎步
或者乾脆不走
都希望距離前方
僅只一個街口

僅只一首曲子的時間
你可曾想過
這是一朵花凋謝的時間

也是我好好看見這朵花
決定摘下
的瞬間
粉色碎成了幽魂的雙眼

小碎步之三

薄薄的月光
就像蒲公英的毯子
溫柔撒謊

十五年前，此處還是海的地方
已經開始運來水泥與鋼筋
不是為了抵抗侵蝕
而是

為了我們站在浪上

鹹風馴服了
土壤、植披、來訪的海鳥
除了野心

堆疊更尖更尖的沙丘
夜的破口
於焉成形
阻礙了夢境

可以裸身浸入的
一汪淵洋

此處，十五年前
我們的赤誠之心
還有歸處

比如
棋盤花
夏日的煙火
比如漁燈
金黃點點

曾經還是海的地方——
未被遺忘
每個被馴服過的靈魂走過
月光溫柔撒謊

在下雪的窗子底下讀詩

教授問：「讀這首詩你感覺到了什麼？」

「像游泳。」我說
由一個島
游往另一個島。途經腐敗的水果
向光的藻群
集體瀕死的鯨豚
他們　存在且漂流著

僅僅只是漂流著
而我　斑斕移動

「像看櫥窗的俄羅斯娃娃。」
另一位同學說
以為他們見過雪　但想想裡面的根本沒見過
他不知道拆開他們是否算上一種肢解
還是給予自由
對著玻璃吐氣
白霧瞬間掩蓋了濃彩
他遲遲未買
持續經過著店裡直到擁有了聖誕氣氛

「像復活。」

後面的同學說
盛大且無聲
他去年冬天撞死了一隻喜鵲
無意間　他感覺牠換了羽回到了這裡
他有意與牠合作演出一場話劇
為牠安插巫師　安排復活的橋段
就拿這首詩當咒語　很適合
他一定會記得和牠說聲抱歉的

——記位於波蘭課堂間與同學們讀詩的下午

蜂

如果記憶只是一大群丟不掉的蜂
你想他們最後會採蜜回來嗎

派對動物液態粉紅

我終於也把自己放上來
讓你們把我當蛋糕切

舞是要跳的
音樂讓你的靈魂流來流去
酒精太多而手臂是撐不住的
不如把整袋靈魂就縫起來
那人躺下了

拿他的皮穿一會吧
舞是要跳的
你必須喝更多酒
讓你的影子慢慢撐破

你是胡亂
你是火
狂歡打破粉紅
噪音碎得滿地而雜訊
把我們都包括進了
我們的瘋癲
變成頻率被播送出去
「請問你住幾樓——小姐
我們發現

這座大廈已經慢慢傾斜——」

如水通了電
音樂讓你的靈魂流來流去
陰鬱使你面如死灰
派對、派對
你戴上他們分發的帽子
把腿扭走進火
金蔥絲突然吐得滿地都是
光旋成一團打中你
你想成為燈
卻過熱得太快就燒壞

派對、派對

在猴子間傳遞羽絨與發笑的事物
你是胡亂
我是火
聽著靈魂讓音樂流來流去
這狂亂沒有出口

浪行

雙肩凹陷，一如停了大鳥
怎麼晃動都無法使他飛走
豐麗的雙羽密實、多彩
在等待太陽如焦糖淋下的午後
冰凍如一尊雕塑

我跑著，將面迎風希望他展翅
打出一股生活的亂流

旋風。將綠色的松針和碎花混在一起
有人問
春天是不是這樣開始的

背上長滿了肉芽
黏著雨
大鳥啄食去了每個盛放的紅花
我步履緩慢　接近睡眠　卻遠離夢
經過了水窪
看著雲以為是浪的一樣在踩
跌進了深冬
髒棉芯、冷風和灰色的雪塊
替換我的血肉
突然大鳥消失了

留下雙腳的爪印
我是記得如此清楚
我曾經是誰的獵物

——寫於離開巴黎前往阿姆斯特丹的早晨，起飛時看見一片雲海。

浪行之二

今天的天空是
尚未睡醒的、瘋癲的
某人混濁的眼珠子
盯著我
在無數條河道之間
一隻喜鵲亮著毛
飛起來的藍色礦物
在強風中抵抗著方向
像是柔軟的傘骨

終於變成一隻鳥

往雲破的地方去遷徙
光溫暖如雨
在這樣的時節　還沒有存在過
路邊溝槽裡無數的菸蒂
是誰說著什麼話　或者沈默
一邊丟棄的雜果
歪曲跟著強風在那裡生根了
不同於果實腐爛的氣味
他們一般地繞進了死亡且更多

神沒有存在過
孤身的剪影把迎面而來的焦躁　自己

都烤了一番
烤成派、水果蜂蜜蛋糕　還有檸檬塔
無法阻止的意識變得離奇
據說最後吃下那些甜食的人
像風箏一樣的被看見
消失在日子裡

——寫於阿姆斯特丹

99日不見，相遇於荒山

乾草如蜜的冬日
你迎面而來
右手擰開鈕扣的姿勢像是
引爆藍天
雲朵裡飛行的鳥
和你胸口裹糖般的陰影一樣
時日不在那裡，幸福亦然
但我雙眼仍追隨著
灰土，塵僕，無火花的流速

一顆溫暖的心臟

告訴我你背包裡裝的
是虔誠　是青草的露水
城市的黑煙曾擊潰我們
出走，我們如今是否徘徊在憂鬱的上空？
用力吸吐
發現自己可以搖動像蘆葦
在山谷的喉間

都是歌。寒暄過後
一個往上，一個往下
彼此的面目
止於一種短暫熟成的笑容

閉眼後閃爍亮起

從你來的地方
回憶滾燙著
從我往的方向
還處處多疑　未可見頂
再起步前
我祝你回平地一切順利
能避開沒有靈魂的人與車
能閃避過於複雜的慾望
就像成功活下來的
微小蟲子
輕易抵達幸福的暈眩

輯四　教我一種推開雲霧的方法

尚未痊癒的歡愉

週一，尚未從歡愉中痊癒
週五，尚未從疲倦中脫解
累積的慾與憂傷
我的影子成為一攤陽光消融不開的爛泥
長出了蓮花

一朵沒有信仰的蓮花
一朵將不會被分解、加工

成為蓮藕、蓮子、蓮葉、蓮心的
將原地腐爛
等待蟬鳴淹沒

他們，七年一次的歡愉經過我
在我周遭發生
恐懼、蛻皮、瀕死
無有罣礙

若我的歡愉也能習得這種震顫
無懼的頻率
整座山林是否會為我而醒

在某些將死
確定不被愛的時刻
是天空拯救了我
就像拯救了其他生靈
以雲，以雨
以唯有眼神才能接住的日光

我將於一片密林間前行
等待
日與日途間
最好的岔路口

綠沒有如此生嫩過

綠沒有如此生嫩過
芽從骨初　那深處
隱含的新鮮　紅粉
柔軟如浪
擊中了黑岩
春天誕生之地
把我們從風中的冷冽給拉拔出來
以顏色　以雨
還有在那頭緩緩漂浮著的黃太陽

春如肉林

之一

肥碩的女人活了過來
相互擁抱
竊竊私語

村民在女人的腿上收筍子
放牛在女人雙腿間吃草
一條河蔓走了　偉大的寂寞

花滿山谷　於女人的胸脯
一雙雙嘴　都像貪婪的蜂

之二

河嚮往海
非求壯闊
僅為消失於遼遠裡
如高飛的鷹
以蔚藍磨亮雙眼

男人的毛腿湊了進來
揚起沙　螯蟹死在毛腿下
身體逐漸變紅　變紅

一隻　兩隻　千百隻
也許再堅硬的殼都無濟於事

之三

一陣呻吟後便是春天的開始
黃昏柔軟如泥
綠芽謹慎
村民們奔跑下山
挖走月亮的賊
沿途　將風都染鹹

一名男子裸赤上身
等待雷擊的下午

杜鵑張嘴吻了過去
舌是小小的蕊
她餵給他一千個春天
開始的慾望

之四

雨的轟鳴堪比對話
（遠處升起坎煙）
堪比夢囈
（擊中了男人）
堪比火
點起了黎明

鳥鳴犀利
舞蹈都在枯枝裡
（夾著雜羽）
舞蹈都在枯枝裡

你能在泳池裡跳舞嗎

我看見
巷子的底端有人在那裡游泳　拍水
伸出手　把陽光折角就當作衣服來穿
那是一個再普通不過的泳池
塑膠的橘藍色
孩子　打鬧成一團把夏日都拍出了洞
蟬就躲在那裡
交歡　或者求偶

把寶特瓶當作是船
瓶蓋當作是　分別的戀人
橘子代表夕陽
沉了就拿去吃
大風大浪好像也拆不走
他們的牽絆
用膠帶綑綁在船上

他們不畏烈日
臉擰得像檸檬乾一樣
倚在石頭上
說甚麼話都感覺　遠遠沉在影子裡
歪斜　我想　四肢敞露在水底
和他們一樣把陽光折角

當衣服穿　那樣有多久了
我轉身　問你
五歲時第一次在泳池裡踢水
就像跳舞　牽我的手
一直往前　好像永遠踩不到地

我看見
水面上好像擁有千百隻——
同時躍向我
懷念　一如有果子同時裂開
香甜的氣味迸發出來
孩子們假裝跳水了
我被濺得一身濕透
你笑著　你說

他們不像我們活在速度裡
雨水飛濺
又有人潑水　臉上沾滿著光
橘子　滾過我的腳邊
指針也剛過五點

暖活暖活人

貓住在五的身體裡讓四變得暖活暖活
從三往外爬了出去就是十一了
這通道快得令人開心
整個六貓都變得柔軟無比
而血液裡到處是貓吐的毛球一六七
當貓試著在八的通道裡打電話
九開始心急了
在五的鼻子裡來回蹭蹭
七十一隻小貓就被噴涕出來

當然不包括住在五裡面的那隻

可憐又奇怪的人類

可憐又奇怪的人類啊
學習防禦
卻處處渴望攻擊

沒能牽起誰的手
把所有仁慈都給了貓
但沒有動物憐憫我們

心向著遠方
卻偷偷存錢買地

陌生人的一句安慰
竟遠遠比不過一句愛人的警語

可憐又奇怪的人類啊
慶幸自己正常
又同時為自己標籤

什麼？你是那種人嗎？我是……
多病的、可鄙的、厭世的
每晚歇斯底里把拖鞋移開床邊

我擁抱黑暗，卻樂意讓太陽啃食
雙肩、兩頰、乾枯的後頸

我是
可憐又奇怪的人類啊
原定打轉
卻不接受原地打轉的男人

也許我該哪天
在下雨的時候穿短裙
讓雨水浸透私處

為奇怪而滿足

而眷戀
而疲憊

我們
可憐又奇怪的人類啊

你愛什麼務必讓我知道

你愛什麼務必讓我知道

若是夕陽

我會　把太陽殺開

一刀又一刀　一遍又一遍

你愛什麼務必讓我知道

若是　海

讓太陽一起淹死　那金果梨子
泡鹽水才能長久　不腐敗

你愛什麼務必讓我知道

若是雨裡的　街心
你要不要和我一起擁有　反光的殼
信仰它抵禦傷害

你愛什麼務必讓我知道

若是公園的冰
你會挖一球青石綠嗎
林子般的薄荷色　我們能一起郊遊
到沒有語言的地方

你愛什麼務必讓我知道

若是河裡的　蝦
晃動觸角　碎石的灰
　願不願意和我一起隱居山底

你愛什麼務必讓我知道

　　一起跳舞
月亮融化成水　清涼的夜
　風乾在透明裡　升起巨紅色
又是夕陽。太陽已經死了幾百次

你愛什麼務必讓我知道

走穿這些土壤　這些路
　未知打結一塊兒
我會是風　為了溫暖而不斷前行
為你　穿越樹底和山尖

在秋日的入口

泥土般的麻雀一口一口啄食著
九月衰敗的日光
在多次經歷秋的入口後
我仍分不清草葉的顫抖是雀躍還是恐懼
卻每每期待剝下他們轉紅的毛皮
凝視他們的乾癟

靈魂在密雜的葉脈背後

以及更後面
一種我不曾可能理解的
歸復的念想
影子連結於來春

在秋日的入口
時間就像熟滿的蜜果
經過它
便滿腔紅軟的汁液
這些死去的夏日心臟
本該是哪些詩句

餘溫、餘溫、餘溫
這是世界留給我的最後一點警醒

很快
大地又是晦澀的

記於南方的傍晚

蝙蝠吸著　天空
太陽的血
一夜開始於腥色
回憶的流失

點燈前
月亮就注視著我
永久

在拐彎的前後
煙火淹沒了
每個試圖專注的瞬間
影子茁長成樹

操場上
風涼而希冀平扁
談話只求福、安
前方山色清晰

還有什麼是這些年歲以來
笑聲無法繞過之事？

在無血的
圓滿的月夜
魚湯成為我們靈魂
暖暖的電流

不可獲缺之物
無可換取之物
得要在嘗試挽回前
用盡全力

平扁的希冀，透明的
希冀。
子夜讓花垂落
於圓滿的空曠裡

我們只求風涼於火
涼於火

越來越少的人住著越來越少的房子

六月的風把外面的影子都燒乾
五歲的人與七歲的人
已經在院裡畫他們自己的格子

他們的母親
可以為一塊肉的價格爭論不休
卻不能為自己的
決定去向

掛在屋子的頂端繼續熟爛
他們的父親是往海裡撒網的人
他說魚像是從礦裡蹦出來的碎片
每個都這麼閃耀
越淘就越少

留下來的也一一走火
門外的椅子不再閒話家常
山也退得更遠了
屋裡的風漸漸強壯
將一整片的金色黃昏
吹得不知去向

正在發生的美麗

五歲的孩子在花園裡弄丟自己／咬了花／手指鬼綠／牙齒嫣紅／眼神如初／
他的母親在屋內／他們的母親在屋內／燒水／等待一聲幾近發洩的尖嘯／穿
透屋牆／上有剝了皮的山色／徹夜融水的藍天／久未回望的昨日／如同今早
分明的黑影／已比初遺忘的瞬間還巨大

她沒有看／沒有看／沒有看

窗外的一景一色都在茁長成千年萬年的樣子／她的孩子像火／四處抵禦夜晚

／為朋友的夢去摘星／為河的堵塞出力／來年／他已是村裡的精靈／背後的
期許有如烈日

她沒能看／不能看／無法看／她一屏息就是十年

潛入深深的水裡／在爐前／雙眼沸騰／等待尖嘯的瞬間／不是自己的／卻也
未有他人／她的雙乳頹敗／腳裸僵硬／肉體綿軟／她有屬於自己的暴力／唯
有褪去瑣事的白日才得以浮現／夢漸短／而遺忘漸長／她在夜裡張眼的次數
多到彷彿在製造星星／她醒來／一場靈魂的雨／無風

逐漸枯萎的紫藤花迎向晨起的／一尾白狗成為昨日的月心／到處踩踏泥濘／
壞了花園的小徑／她仔細看／清楚看／凝神看／那搗毀世界色彩的童心／鳥
比風輕／鳥比風輕

山下

鳥的影子在山下　聚集成了樹
幾個孩子在那裡擊彈珠
用他們才一半大的左手、右手
詆毀巨大的安寧
引發狗吠
鄰居指點
母親羞愧

鳥全飛起來
一個男孩首先注意到的是牠們的硬啄
銜著從未有過的狂風
雨點漸落

數十顆眼睛在乾癟的馬路上暈起
來自閃電般的意識
婦女匆忙收起了衣服

稻稈湧動
一塊方正的　豢養已久的毛皮
這時似乎要奔跑起來

很快　雲沖走了烈陽
溪流黑　草黑　石子黑
只有男孩的一對雙眼還亮著
點起了燭火

在電被劫走了的時刻
馬達停止了
思緒　怒氣
也全都回到影子裡

無人厝

我與那些水槽上冰涼的花瓷是一體
與忘了換水的花瓶　日久未清的風扇
是一體
我製造腐敗的風
在我思緒的斷崖處
許多人拿著一籃水果　排隊跳下去
那過程十分安靜
如陽光刺滿午後的背脊

我抖開一片又薄又寬的床單
抖落餘剩的星夜
晾死透明的鬼
你不回來　今後也不用
雙人的被單上
總有一頭是充滿汗漬　悔恨
及語言的殺戮
但麻雀不在意這些
今後不用　死去也不用
我將集結而來的你的字作為穀物
撒向滾燙水泥的廣場
卻一哄而散

乾癟的空氣裡沒有一絲紛擾

影子分明
在我腦海裡的人
開始拿水果砸我
紅手　藍臉　黃指甲
或甜或酸的靈魂
我與院裡扔在一旁的竹簍是一體
與魚塘邊的沁石
是一體

螢幕裡的五個女人

SCREEN 1

小孩吼她
草尖割破了野鳥

SCREEN 2

39未婚
她自成一崖
佇立。影子是荒山、尖塔
他人的黑沼

SCREEN 3

新衣，舊命
舞步踉蹌
短促一瞥便引來白蟻聚集、斷翅
看不見的
體內大量的水
開口就騰騰雲霧
自始至終毫無輪廓

SCREEN 4

小心地牽手
小心地接吻
小心地過橋
小心地探照
小心地平凡起來
變成了花眼中的路石子

SCREEN 5

一縷金亮從她的睡眼中綻開

蜂焦急地等在一旁
好似她是源源不絕的
蜜湧之泉

她做了什麼夢呢
她說了什麼話呢

教我一種推開雲霧的方法

自從，他們把我推向火焰
任憑煙與我一起升起來
再沒回去找過——

給我安穩
來自多年後
早市裡的一雙手
發光的汗毛

野桃上的碎花綠
直直地流淌下來
要我吃一口　他的眼神
像是從春風裡飛滿了花

我好想找一個人說
搖他的肩膀跳他的舞
像是要真正喚醒他的——
激動得要把舌頭往外捲像是跟蜥蜴一樣的——
跟他說
我終於不在那個轉角跌下來

我終於自己看懂了路
不管誰走開是不是只有留下我

沿途　死去的樹
終於我能重新叫出他們的名字

街燈下恍恍　站成一排
好快數過去　又好快走回來
一如把蠟燭都吹熄
願望在那一瞬間
茁長成鬼
我捧著臉　告訴他
花在我體內裡全部溶了化

記十月的剽悍

——別木瓜溪

芒花成為白火　河谷間
閃動。一株芒草是一隻
沒了執念的白鬼
磨蹭著到來的秋意

我與你踏著土　鬆動的土
從河堤防上滑下我們的堅毅

幾步路後就是野溪
是奔騰　是數以千計的魚苗展開背離的地方

道別此地前
我與你　摘下了兩株鬼
將細桿插進了河床乾癟的淤泥裡
以沉默為禱詞
以目光為祝賀
但願我們不會忘了這河谷的風景
以及此地生活漫漫
醒是霧
睡是海
一群野狗早先於我們
追向雲破而來的光束

我們甘心沐浴於陰影裡
此刻，我們甘心沐浴於陰影裡

〈後記〉

讓閃電行經我們的上空

詩於我而言就像在泥淖般裡的生活抬頭偶能見之的閃電。有些閃電很亮很響，照穿了部分生命的雲層；有些閃電僅僅只是希望，無可改變什麼，卻點亮了某些瞬間。

雖然從沒見過幽靈，但總覺得它仍是以各種形式與質地在我生活間竄來竄去，諸如：情緒的幽靈、病的幽靈、記憶的幽靈……它們是，某種將死未死的，介於生與死亡之間的產物，無法與現實好好溝通，也無法安於過去或神秘的另一邊，不斷擾亂兩者之間的恆定。曾經，我把自己活得像鬼一樣，覺得哪裡都無法歸返，也無法碰上世界的邊緣，遠遠落在外面。在剛抵達花蓮唸書的那年住在宿舍，常常到了早晨五點都還沒有睡，睡不著，也沒有辦法。我聽著夜鶯的鳴叫，直到太陽整個出現，才像是遇光就要被融化的鬼一樣，倒在床上。

大二那年，搬進了一個屬於自己的小小空間，自由的代價是擁有大量時間直面自己：挖掘、理解、癒合，不過多半停留在第一個步驟。到了大三，甲亢漸漸穩健的同時，我發現自己的左乳萌發出了一個小小腫塊，照了超音波發現還有第二個，不過我始終摸不到第二個腫塊。身體感覺像是在我飄忽的這段時日裡，自己有了慾望，我這樣想。小小的腫塊是良性，並沒有大礙，醫生說這很正常，隨著時間久了，我甚至常常忘了它的存在，不過卻也是因為此事，才意識到過去我是多麼把身體的健全視為理所當然的存在，忽略著它的變化與需要。

曾經有一陣子，我非常厭惡自己的身體，想要拿刀切掉肉那樣的討厭，把自己活得像鬼一樣，一方面是徬徨無措，一方面是因為討厭自己的形體。我不近期回家時重翻了幾年前寫下的筆記，才重新想起當時竟是如此脆弱。我不相信時間可以癒合一切，但若是擁有時間，我會拿它來做為籌碼，這之間的不同是，我再也不願處於被動。

記得病情好轉後的一個夏天，我在打工的商場外看見了一台小型捐血車，我想久違地去捐血，不過才剛填好資料、踏上了捐血車，他們就告知我甲亢的病患不得捐血，因為服藥的結果會影響血液，哪怕是好了後的三五年亦然。這科學的事實讓我震驚了一下，愣在原地，護士小姐卻很好心地給我了捐血禮，她說，拿著吧，既然都來了。我下了車，回去那個不見天日的商場，心裡一直想著同樣一件事：啊，原來我的血是髒的。

鄙棄自己肉體，活做鬼，再逐漸找回自己的肉身坦然接受它，寫起來只有三句，卻是我花了許多年處理的課題。幽靈，或者說鬼，其實也並非絕然都是貶意性的產物。在《攻殼機動隊》裡就常常使用了「ghost」一詞來指涉人或機器的靈魂。其實無論好與壞，我們都必然，且無時無刻都要面對著自身或他人那「看不見的」一面。「ghost」不是因病而生，卻會變本加厲，難以控管。若有人問我是否一定要處於某種憂鬱才得以寫作，我想我現在可以堅決地說，沒有這回事。

來到花蓮前，一直都很喜愛海，常不定期前往，不是為了確認海的存在，而是為了確認自己辨別世界的眼光，還沒有壞。到花蓮後，山意外地也成為了那樣的角色，成了一種從未想見過的後盾。當風景成為自己的一部分時，心裡的鬼就像找回舊的身體一樣，安心而神往。東部的無人長灘、延綿不絕的山色、行經台九時底下的木瓜溪、初秋躺在橋上觀看的銀河……這些東西延展了靈魂。

我想，人都需要所見來確認「真實」究竟何物。很多時候，這種接觸不是為了要「了解」，而是為了探究自己會有何種反應。旅行尤其如此。多數景點、文化、語言，早在我數百年，甚至數千年就已經在那裡了。這種時刻，碰觸就是確認自己形體的開端。

二〇一八年底，我展開更大範圍的冒險，我前往波蘭做交換學生四個月，僅剩的兩個月，則揹著一個八公斤的大背包，到了九個國家去。這是我第一次出國，我想後半段的時間，那接近一種流放。流放自己到陌生之地，再回到島上，使我看自己島的眼光煥然一新。原來我真的生處於熱帶，對於離海與山如此之近又是多麼慶幸。

風景第二次演進。隔年剛回島上的月份，正值雨季，大量綿密而潮濕的空氣包裹著我的皮囊，一種宛如初生之犢的畏怯。剛從溫帶回來，身體還尚未習慣這樣的雨天，異樣感特別鮮明。也許是又重新被生下來一次了？在這二十二歲的春天？以重新體認到自己的出生地而言，這比喻或許是再適合不過。

四月，才下雨的那天早上，陽光蜜湧如泉，接連著才有幾近發瘋的雨。我望著四處可尋見的喬木，聽著雨點拍打屋簷的聲音，心想，也許是時候等待一次閃電行經我們上空——陰鬱裡唯一的光明。

二〇二一年二月

我與我的幽靈共處一室

作　　者　鄭琬融

社　　長　陳蕙慧
副總編輯　陳瓊如
行銷企畫　陳雅雯、尹子麟、余一霞、汪佳穎
封面設計　吳睿哲
內頁排版　黃暐鵬

讀書共和國集團社長　郭重興
發行人暨出版總監　曾大福
出　　版　木馬文化事業股份有限公司
發　　行　遠足文化事業股份有限公司
231新北市新店區民權路108-2號9樓
電　　話　(02) 2218-1417
傳　　真　(02) 2218-0727
E-Mail　service@bookrep.com.tw
郵撥帳號　19588272木馬文化事業股份有限公司
客服專線　0800-221-029
法律顧問　華洋國際專利商標事務所　蘇文生律師
印　　刷　呈靖印刷股份有限公司
初版一刷　2021年07月28日

定　　價　380元

本書獲 財團法人國家文化藝術基金會 National Culture and Arts Foundation NCAF 文學創作補助

我與我的幽靈共處一室／鄭琬融著
.－初版.－新北市：木馬文化事業股份有限公司出版：
遠足文化事業股份有限公司發行，2021.07
面；　公分.
ISBN 978-626-314-009-7（平裝）
863.51　　110011065